Catalogage avant publication de Bibliothèque et Archives nationales du Québec et Bibliothèque et Archives Canada

Badger, Meredith

    Copain, copine?

    (Go girl!)

    Traduction de : Boy Friend?

    Pour les jeunes.

    ISBN 978-2-7625-9455-3

    I. Oswald, Ash. II. Ménard, Valérie. III. Titre. IV. Collection : Go girl!.

Boy Friend? de la collection GO GIRL!
Copyright du texte © 2008 Meredith Badger
Maquette et illustrations © 2008 Hardie Grant Egmont
Le droit moral de l'auteur est ici reconnu et exprimé.

Version française
© Les éditions Héritage inc. 2012
Traduction de Valérie Ménard
Révision de Danielle Patenaude
Infographie de D.sim.al/Danielle Dugal

Nous reconnaissons l'aide financière du gouvernement du Canada par l'entremise du Fonds du livre du Canada (FLC) pour nos activités d'édition.

Nous reconnaissons l'aide financière du gouvernement du Québec par l'entremise du Programme d'aide aux entreprises du livre et de l'édition spécialisée.

Copain, copine ?

PAR
MEREDITH BADGER

TRADUCTION DE VALÉRIE MÉNARD
RÉVISION DE DANIELLE PATENAUDE

ILLUSTRATIONS DE
ASH OSWALD

INFOGRAPHIE DE DANIELLE DUGAL

Chapitre un

— Dépêche-toi, Mia! crie sa mère de la porte d'entrée. On doit partir!

— J'arrive! répond Mia, qui prend son sac à dos et traverse le couloir en courant.

Sa grande sœur, Rose, attend dans la cuisine que son amie Laurence arrive. Elles marchent ensemble vers l'école tous les jours. Rose joue avec son téléphone cellulaire lorsque Mia entre en vitesse.

«Elle doit probablement envoyer un texto à Charles», se dit Mia tandis qu'elle se précipite à l'extérieur. Depuis que Rose s'est fait un petit copain, elle ne peut plus se détacher de son téléphone !

Le frère de Mia, Jacob, est déjà installé sur le siège avant lorsque Mia monte dans la voiture. Il bavarde avec Isaac, qui est assis sur le siège arrière.

Isaac Paradis habite la maison voisine. Il est dans la classe de madame Beaudoin, tout comme Mia. Mia lui offre souvent de le conduire à l'école le matin.

— Salut, Isaac ! lance Mia en le tapant dans la main.

— Hé, Mia ! répond Isaac en affichant un sourire espiègle.

— Ce n'est pas trop tôt, ronchonne Jacob. Ça passe pour vous, les *jeunes*. Nous, les plus vieux, nous nous faisons gronder si nous arrivons en retard.

Mia regarde Isaac en roulant les yeux. Jacob a seulement une année d'avance sur elle et Isaac, mais il agit souvent comme s'il était beaucoup plus vieux qu'eux!

Isaac sourit à Mia.

— Ne t'en fais pas, grand-père, dit-il en se penchant vers l'avant pour taper Jacob dans le dos. On va tout faire pour que tu arrives à l'école à l'heure. Veux-tu qu'on t'aide à monter l'escalier? As-tu pensé à apporter ta canne aujourd'hui?

«Si c'était moi qui avais dit ça à Jacob, j'aurais eu de TRÈS gros ennuis!», pense Mia.

Mais Jacob sourit et fait semblant de donner un coup de poing sur le bras d'Isaac.

— Ah, ah! Très drôle! riposte-t-il. Je ne suis pas *si* vieux!

Mia sourit. «Isaac a de la chance de pouvoir s'en tirer comme ça! pense-t-elle. J'imagine que c'est notamment pour cette raison que je l'aime bien.»

C'est curieux. La famille Paradis habite à côté de chez elle depuis aussi longtemps qu'elle puisse se souvenir. Mais, pendant des années, Mia ne connaissait pas très bien Isaac. Il venait toujours à la maison pour jouer avec Jacob.

Mia ne se mêlait jamais à eux. Elle préférait jouer avec Jacob lorsqu'il était seul. En fait, Mia était intimidée par les amis de son frère. Ils étaient toujours très bruyants et agités !

Les camarades de classe de Mia — Maïko et Sophie — habitent loin de chez elle. Elle ne peut donc pas les voir à l'extérieur de l'école.

« Si seulement Isaac était une fille, soupirait intérieurement Mia lorsque Isaac venait voir Jacob. J'aimerais tant avoir une amie qui habite à côté de chez moi. »

Puis soudain, une chose étrange s'est produite. Peu à peu, Mia a réalisé qu'Isaac était très gentil. Ils avaient plusieurs points en commun ! Il aimait la même musique qu'elle. Il apprenait à faire du surf, tout comme elle. Et par surcroît, il adorait jouer au tennis de table ! En fait, il avait plus de points en commun avec *Mia* qu'avec Jacob.

Isaac ne venait plus à la maison pour voir Jacob, mais plutôt pour jouer au tennis de table avec Mia dans le garage de la maison. Ils se sont même inventé une compétition de tennis de table. Isaac l'a nommée le « Ping-Pong-O-Thon ».

— Celui qui remporte le plus de parties sur un total de cent sera déclaré champion de tennis de table, a annoncé Isaac.

À présent, Isaac a remporté vingt parties, et Mia, vingt-cinq. On dirait que plus ils jouent de parties, plus ils s'améliorent tous les deux au tennis de table. Et plus elle et Isaac apprennent à mieux se connaître !

Chapitre
deux

— Attachez vos ceintures, tout le monde ! ordonne la mère de Mia en démarrant la voiture.

— D'accord ! dit Isaac.

Puis, il lance un sourire malicieux à Mia.

— Voyons voir si je peux battre mon record aujourd'hui !

Isaac réussit toujours à faire rire Mia dans la première minute qui suit le début du trajet vers l'école. Peu importe son humeur lorsqu'elle monte dans la voiture, elle arrive toujours à l'école en riant. Ils font maintenant une compétition à savoir combien de temps Mia va tenir avant qu'Isaac la fasse rire.

— Hé, Mia, dit Isaac. Qu'est-ce que c'est ?

Il commence à faire tourner son bras dans tous les sens devant lui. Puis, il effectue une petite danse sur le siège. Il est si drôle que Mia sent déjà le fou rire lui monter à la gorge.

— Hum, répond-elle en refoulant son rire. As-tu besoin d'aller à la toilette ?

— Non, dit Isaac en souriant. C'est ce que je ferai lorsque je remporterai le « Ping-Pong-O-Thon ! » Wouhou !

Mia éclate de rire.

— Hé, c'est un record! glousse Isaac. J'ai réussi à te faire rire avant même que nous ayons quitté l'allée!

— Je ne ris pas parce que tu as dansé, dit Mia en riant. Je ris parce que tu crois que tu peux me battre au tennis de table.

— Tu n'as aucune chance contre Mia, ajoute Jacob, qui se retourne sur le siège avant. Je ne l'ai jamais battue, et j'ai presque deux ans de plus qu'elle. Elle se transforme en *Magique Mia* lorsqu'elle joue au tennis de table. Elle ne rate jamais la balle!

Mia est heureuse que Jacob ait dit ça. Il lui fait souvent sentir qu'elle est fatigante. Il est bien gentil de l'appeler «*Magique Mia*».

— Bien, *elle* est peut-être *Magique Mia,* ajoute Isaac en frappant des balles imaginaires dans la voiture. Mais *moi,* je suis le roi du tennis de table !

Mia éclate de rire à nouveau. Jacob s'esclaffe, lui aussi.

— Ouais ! dit Isaac en levant le poing. J'ai réussi à vous faire rire tous les deux, et nous sommes encore sur notre rue.

Puis, une chanson que Mia et Isaac aiment bien se met à jouer à la radio. Isaac commence à chanter. Il a une belle voix. Au départ, il chante les vraies paroles de la chanson. Mais soudain, Mia se rend compte qu'il invente ses propres mots.

— Je connais une fille ! Mia, qui habite dans un arbre !

Il est hors de question que Mia laisse Isaac s'en tirer comme ça !

— Je connais un garçon nommé Isaac. Il est vraiment bizarre ! chante Mia encore plus fort qu'Isaac afin de couvrir sa voix.

Jacob insère ses doigts dans ses oreilles.

— Maman, je vais avoir besoin de bouchons d'oreilles lorsque ces deux-là sont ensemble, se plaint-il.

Leur mère rit.

— Je n'arrive pas à croire que madame Beaudoin te trouve timide, Mia, dit-elle. Si elle t'entendait maintenant, elle changerait sûrement d'avis !

Isaac se tourne et regarde Mia.

— Pourquoi es-tu parfois timide, et parfois non ? demande-t-il.

Mia hausse les épaules. Elle l'ignore. C'est ainsi, c'est tout. C'est comme si elle devenait une autre personne dès le moment où elle mettait les pieds dans la classe. Ça se produit aussi lorsqu'elle est avec des gens qu'elle ne connaît pas très bien. Elle a souvent *envie* de parler, mais les mots ne parviennent pas à sortir de sa bouche.

À l'école, certains enfants l'appellent «la souris» parce qu'elle est trop discrète. Mia déteste ce surnom! Elle ne se sent pas comme une souris. En fait, elle ne fait que se replier davantage sur elle-même lorsqu'on la taquine.

La mère de Mia immobilise la voiture devant l'école. Sophie et Maïko l'attendent devant les portes principales.

Mia sourit. Maïko se balance sur la grille, ce qui est contre le règlement.

«Je parie que Sophie est en train de lui dire de descendre avant de s'attirer des ennuis!», pense Mia.

Sophie et Maïko sont vraiment différentes l'une de l'autre. Et Mia est très différente des deux. Mais elles ont plusieurs points en commun.

Mia regarde en direction d'Isaac. Il ressemble beaucoup à Sophie et à Maïko. Il lit des romans d'aventures comme Sophie, et il peut se tenir en équilibre sur les mains comme Maïko.

«Isaac s'entendrait bien avec Sophie et Maïko», songe Mia. Mais à l'école, Isaac et Mia ont chacun leur groupe d'amis. Si un garçon et une fille jouent ensemble, tout le monde croit qu'ils ont le *béguin* l'un pour l'autre.

« Quel dommage, soupire Mia en sortant de la voiture. Ce serait génial si nous pouvions tous être amis ! »

Chapitre trois

Isaac et Jacob aperçoivent leurs amis respectifs, puis ils courent les rejoindre. Mia se dirige vers Maïko et Sophie. Elle n'arrive pas à se sortir de la tête la chanson loufoque qu'Isaac a inventée.

— Salut Mia ! crie Maïko, qui est suspendue la tête en bas sur la grille.

Maïko a récemment commencé à suivre des leçons de cirque. Elle pratique toujours ses derniers tours.

— Qu'est-ce que t'as à rire ?

— Oh, je ris de la chanson ridicule qu'Isaac a inventée ce matin, répond Mia en souriant. C'était tellement drôle.

Sophie s'appuie sur la clôture et regarde les garçons de l'autre côté du terrain de jeu.

— Tu sais, Isaac ressemble un peu à Sébastien du groupe *Simple Plan,* lance-t-elle.

Mia rit.

— Non ! répond-elle. Isaac a les cheveux noirs.

— Mais il a les yeux verts comme Sébastien. Et la même coupe de cheveux. Stella le trouve mignon.

Mia ignore quoi répondre. Elle n'a jamais pensé qu'Isaac était mignon. Il est juste Isaac.

— Hé, regardez ça ! dit Maïko.

Elle s'accroche à la grille, puis elle passe doucement ses jambes derrière sa tête. Mia regarde son amie avec admiration. À la voir faire, ça semble si facile !

— Peux-tu me montrer comment faire ? demande Mia.

— Bien sûr ! répond Maïko.

— Hum, Mia, chuchote nerveusement Sophie. Tu n'as pas le droit de te balancer sur la grille. Je ne cesse de le répéter à Maïko depuis notre arrivée.

— Ne t'en fais pas, Sophie, répond Maïko. Nous ferons vite. Personne ne nous verra.

Maïko explique à Mia comment accrocher ses jambes sur la grille. Mais Ariane passe devant elles au moment où Mia s'apprête à sauter de la porte. Ariane est aussi dans la classe de madame Beaudoin. Mia manque de la frapper sans le vouloir.

— Fais attention, la souris, s'emporte Ariane.

Mia rougit.

— Je suis désolée, murmure-t-elle.

— Tu es mieux de l'être ! réplique Ariane sur un ton froissé avant de poursuivre son chemin.

Maïko sort la langue et plisse les yeux tandis qu'Ariane s'en va. Sophie remue ses doigts dans ses oreilles. Mia éclate de rire. C'est un comportement immature, mais c'est plutôt drôle. Ses amies l'aident toujours à se sentir mieux.

— Hé, devine quoi ! dit Sophie avec des étincelles dans les yeux. J'ai un potin sur Ariane. Elle a un petit copain !

— Pour vrai ? s'informe Mia. C'est qui ?

Sophie regarde autour pour s'assurer que personne n'écoute.

— Olivier Fortin !

Olivier fait partie de la bande de copains d'Isaac, avec Maxime et Hugo. Il a de beaux yeux bruns et un large sourire.

Mia sait que plusieurs filles ont le béguin pour lui. Mais elle est quand même étonnée par le potin de Sophie.

— Es-tu certaine ? demande-t-elle d'un ton sceptique. Je ne les ai jamais vus parler ensemble.

— Ça n'a pas d'importance, répond Sophie. Ça fait une éternité qu'ils sont attirés l'un envers l'autre.

— Comment peux-tu le savoir ? demande Mia avec curiosité.

Sophie sourit.

— Je sais *toujours* ces choses-là, dit-elle. Il suffit de reconnaître les signes. Par exemple, certaines personnes regardent constamment leurs cheveux lorsqu'elles ont le béguin pour quelqu'un. D'autres sont très maladroites ou gênées. Et beaucoup de gens vont jusqu'à ignorer la personne qu'ils aiment!

Mia rit. Elle a de la difficulté à croire Sophie. C'est trop bizarre. Pourquoi une personne ignorerait celui ou celle qu'elle aime?

— Je te le dis! affirme Sophie. Je peux te nommer toutes les personnes que les élèves de notre classe aiment. Par exemple, je sais qu'Alexia aime Samuel et que Nathan n'a d'yeux que pour Eva.

— Et *moi,* pour qui ai-je le béguin, madame-je-sais-tout? demande Maïko en souriant.

— C'est facile, répond Sophie. Tu aimes Maxime!

Le visage de Maïko devient rouge écarlate.

— Non, ce n'est pas vrai! dit-elle. Je n'aime personne!

Sophie pousse un gloussement cynique.

— Tu es *folle* de Maxime. Tu lui envoies toujours la main quand il entre dans la classe. Et en plus, c'est le premier garçon que tu choisis lorsque tu es capitaine d'équipe.

Maïko donne une poussée amicale à Sophie.

— C'est parce que je l'aime bien. Ça ne veut pas dire que je l'aime d'amour! dit-elle. De toute façon, c'est évident que *toi*, tu aimes Isaac!

Sophie hausse les épaules.

— Isaac est gentil, répond-elle. Mais je connais quelqu'un qui l'aime *cent fois* plus que moi.

— Tu parles de Stella ? demande Mia.

Ella bavarde toujours avec Isaac.

Sophie rit.

— Non, je parlais de *toi*, Mia.

Mia sent une onde de chaleur se répandre sur son cou, puis sur ses joues, et enfin sur ses oreilles.

— Ce n'est *pas* vrai ! dit-elle.

— Oui, c'est vrai, la taquine Sophie. C'est tellement évident que c'est ton petit copain. Tu répètes sans cesse qu'Isaac est drôle et cool. Et il t'aime bien, lui aussi. Il te sourit toujours.

Mia secoue la tête.

— Ce n'est pas mon *petit copain* ! proteste-t-elle. C'est mon...

Mia réfléchit pendant un moment.

— C'est juste un ami... c'est un *bon ami*, point ! finit par dire Mia.

— Petit copain, bon ami, c'est la même chose ! dit Sophie en riant.

— Non ! s'exclame Mia. Isaac est mon ami, comme vous.

— *Ouais*, c'est ça, glousse Maïko. On te croit !

Puis la cloche sonne soudain. Mia n'a jamais été aussi heureuse d'entendre la cloche. La conversation commençait à être trop embarrassante.

— Allez! lance Maïko en partant en flèche. On fait la course jusqu'à la classe!

Mia court derrière Maïko. C'est tellement agréable de pouvoir se changer les idées.

Mais encore, elle ne peut s'empêcher d'y penser. Isaac est un ami. Et c'est un garçon. Est-ce que ça signifie que c'est son *petit copain*?

Maïko et Sophie semblent croire que oui!

Chapitre quatre

Mia, Maïko et Sophie entrent dans la classe avant le son de la seconde cloche. Mia regarde tous les élèves de sa classe en repensant à ce que Sophie lui a dit à propos des béguins.

Elle aperçoit Nathan remettre sa frange en place lorsque Eva passe à côté de lui. Puis, Alexia devient rouge tomate au moment où Samuel lui dit bonjour. Et Ariane a dessiné un cœur sur son étui à crayons, à l'intérieur duquel sont inscrites les lettres O.F. !

La porte s'ouvre, puis Maxime entre en retard, comme d'habitude. Mia ne peut s'empêcher de sourire alors que Maïko lève la tête et lui envoie la main !

«Peut-être que Sophie sait vraiment pour qui tout le monde a le béguin!», pense Mia. Puis, elle commence à se sentir bizarre. Si Sophie a raison pour les autres, est-ce que ça veut dire qu'elle a aussi raison pour Isaac?

Mia regarde autour d'elle. Isaac est à l'arrière et bavarde avec Hugo. Lorsqu'il s'aperçoit qu'elle le regarde, il louche des yeux et affiche un grand sourire.

«C'est vrai qu'Isaac me sourit souvent, constate Mia. Il a peut-être réellement le béguin pour moi!»

Soudain, le cœur de Mia fait un bond. Elle aime beaucoup Isaac. Mais juste comme ami.

— OK, tout le monde, s'écrie madame Beaudoin en tapant des mains afin de commencer son cours. Est-ce que quelqu'un peut me dire ce qu'est un ami?

Plusieurs élèves lèvent aussitôt la main. Mais Mia se cale dans sa chaise. Elle ne veut surtout pas être choisie!

— Alexia, dit madame Beaudoin. Selon toi, qu'est-ce qu'un ami?

— Une personne identique à nous? répond Alexia.

Puis Maïko lève la main.

— Je ne crois pas qu'un ami doive être *identique* à nous, madame Beaudoin, dit-elle. Sophie, Mia et moi sommes très différentes, mais nous sommes quand même les meilleures amies.

Madame Beaudoin sourit.

— Excellente réponse, dit-elle en jetant un regard circulaire sur la classe. Et toi, Mia ? Dis-nous ce que tu aimes chez tes amies.

Tout le monde se retourne et regarde Mia. Elle sent soudainement son visage devenir rouge et brûlant.

Mia réfléchit très fort. Ses amies ont plusieurs qualités. Elle aimerait leur dire à quel point ses amies sont drôles et loyales, et qu'elle se sent spéciale en leur présence. Mais lorsque Mia ouvre la bouche, elle est incapable d'articuler un seul mot !

Mia secoue la tête énergiquement tandis qu'elle sent les larmes lui monter aux yeux.

— Ne t'en fais pas, Mia, répond doucement madame Beaudoin. Tu pourras nous le dire plus tard.

Mia rougit de honte. Maïko et Sophie prennent ses mains et les serrent. Mia se sent un peu mieux et leur sourit avec reconnaissance.

— La raison pour laquelle nous discutons d'amitié, poursuit madame Beaudoin en se tournant vers le reste de la classe, c'est parce que nous allons créer une capsule témoin de l'amitié.

Maïko pose aussitôt la question à laquelle tout le monde pense.

— Qu'est-ce qu'une «capsule témoin de l'amitié»?

Madame Beaudoin montre du doigt un grand bocal en verre sur son bureau.

— C'est ça! répond-elle.

Tout le monde regarde le bocal. Il n'a rien de spécial, excepté qu'il est très grand.

— Bien sûr, ce n'est qu'un simple *bocal* pour l'instant, ajoute madame Beaudoin en souriant, comme si elle lisait dans leurs pensées. C'est vous qui le transformerez en capsule témoin. Votre devoir pour ce week-end consiste à écrire un hommage à vos amis. Puis, lundi, nous déposerons tous les hommages dans ce bocal que nous enterrerons ensuite quelque part sur le terrain de l'école.

Maïko regarde Mia en roulant les yeux.

— Un devoir durant la fin de semaine... beurk! chuchote-t-elle.

— Je sais, lui répond Mia, mais ça semble plutôt amusant.

Maxime lève la main.

— Madame Beaudoin, qu'est-ce qu'un hommage? demande-t-il.

— Il s'agit d'un texte qui rend compte des raisons pour lesquelles nous croyons qu'une personne est spéciale, explique madame Beaudoin. Avant d'enterrer la capsule témoin, nous lirons nos hommages à voix haute afin que tout le monde sache ce qui nous plaît chez nos amis.

Mia sent son cœur se serrer dans sa poitrine. Elle souhaite réellement écrire un hommage, mais elle doute être capable de le lire devant tout le monde. Elle tente d'écarter cette pensée. «Je m'inquiéterai plus tard», décide-t-elle.

— Pendant combien de temps sera enterrée la capsule témoin? s'informe Eva.

Madame Beaudoin jette un regard circulaire sur la classe.

— Quelqu'un a une idée ? dit-elle.

— Nous pourrions la déterrer à notre dernière journée du primaire, propose Sophie.

Madame Beaudoin hoche la tête.

— C'est parfait.

Ça va être génial !

— Pouvons-nous décorer nos hommages ? demande Rémi.

— Absolument ! lance madame Beaudoin. Et vous pouvez aussi y ajouter des photos.

Même si Mia est nerveuse à l'idée de devoir lire son texte devant tout le monde, elle trouve le projet excitant. Elle est impatiente de faire cette capsule témoin. Et, en regardant autour, elle peut dire que les autres sont également enjoués.

Chapitre cinq

À la récréation, Mia, Sophie et Maïko prennent leur breuvage et leur collation et vont s'installer sur leur banc préféré dans la cour d'école.

— Je suis *si* excitée à l'idée de faire la capsule témoin, dit Sophie en pelant sa mandarine et en offrant des morceaux aux autres. Nous allons y mettre un tas de photos.

— Hé ! lance soudainement Maïko. Nous n'avons pas encore pris de photos de nous trois ensemble cette année. Seulement une que nous avons prise lorsque Mia nous montrait à faire du surf dans son jardin, et elle est floue.

— Tu as raison, affirme Sophie. Il nous faut de nouvelles photos. Qui a une caméra ?

— La nôtre est brisée, souffle Maïko.

— Nous avons une caméra numérique, dit Mia. Mais je n'ai pas le droit de l'apporter à l'école.

Sophie hausse les épaules.

— Ça va. Peut-on aller chez toi en fin de semaine ? Nous n'enterrons pas la capsule témoin avant lundi, alors on a amplement le temps.

— Bien sûr ! répond Mia avec excitation.

Ça fait une éternité que Maïko et Sophie ne sont pas venues chez elle.

— Nous pourrions nous déguiser pour prendre les photos. Vous savez — comme une vraie séance de photos?

— Bonne idée! lance Maïko. Nous pourrions nous déguiser en clowns. J'ai de belles perruques que nous pourrions porter, ainsi que du maquillage.

— Peut-être, dit pensivement Sophie.

Puis, elle commence à fouiller dans sa poche.

— En fait, pourquoi ne demanderions-nous pas à... ceci!

Elle retire un objet qui ressemble à un bout de papier plié en triangles.

— Qu'est-ce que c'est? demande Maïko. On dirait de l'origami.

— C'est un coin-coin, explique Sophie.

Ma sœur m'a montré comment en fabriquer un hier soir. Ça nous aide à prendre des décisions. Et ça peut aussi prédire l'avenir !

Elle insère ses pousses et ses index sous les coins des quatre triangles. Mia remarque que les chiffres un à huit sont écrits sur chacun des triangles.

Sophie tend son coin-coin vers Maïko.

— Tu dois poser une question qui se répond par oui ou par non, l'informe-t-elle.

— D'accord, répond Maïko. Devrions-nous nous déguiser en clowns pour la séance de photos ?

Maïko choisit le trois.

— Un, deux, trois, compte Sophie en ouvrant et en fermant les triangles avec ses doigts. Puis, elle tend le coin-coin à nouveau vers Maïko. À l'intérieur sont inscrites les couleurs rouge, bleu, orange et vert. Maïko choisit le rouge.

— R-O-U-G-E, dit Sophie en bougeant les triangles à nouveau tandis qu'elle épelle la couleur.

Elle a maintenant le choix entre jaune, mauve, rose et turquoise. Maïko prend le turquoise.

Sophie ouvre le triangle et lit ce qui est écrit à l'intérieur.

— Ça dit : « Très mauvaise idée ! », lance-t-elle en riant.

Maïko ne semble pas s'en faire.

— C'est trop cool ! dit-elle. Demande-lui autre chose.

Sophie réfléchit pendant un moment.
Puis, elle affiche un sourire espiègle.

— Est-ce que Mia a le béguin pour Isaac ?
demande-t-elle.

Elle passe le coin-coin à Mia.

— Je vous le répète, je n'ai *pas* le béguin
pour lui ! s'esclaffe Mia.

Mais elle sent tout à coup ses joues
rougir. Isaac et ses amis jouent non loin.
Elle espère de tout cœur qu'ils n'ont pas
entendu Sophie !

— Voyons voir ce que nous dit le coin-
coin, dit Sophie. Si tu n'as pas le béguin
pour lui, il va nous le dire.

Sophie prend le quatre, et Mia ouvre et
ferme le coin-coin quatre fois. Sophie choisit ensuite l'orange, et puis le bleu. Mia sent

Que va-t-il dire??

son cœur s'arrêter de battre au moment où elle ouvre le triangle.

Mais Mia n'a pas le temps de lire la réponse. Maïko lui retire le coin-coin des mains et lit avec Sophie. Puis, les deux éclatent de rire.

— Allez! Qu'est-ce que ça dit? demande Mia. Est-ce que j'ai le béguin pour lui?

— Ça dit : «Il n'y a aucun doute!», répond Sophie en riant.

— OK, demande-lui si Isaac a le béguin pour Mia, propose Maïko.

Alors, Sophie pose la question. Elle choisit le deux puis le jaune. Elle prend le jaune à nouveau, et Maïko ouvre le triangle.

— Ça dit : «Ça augure bien!», s'esclaffe-t-elle. Tu aimes Isaac, Mia, et il t'aime!

Mia roule les yeux.

— Ce n'est pas parce qu'un bout de papier le dit que c'est vrai! proteste-t-elle. Je suis *certaine* que je n'ai pas le béguin pour lui.

— Désolée, Mia, dit Sophie en souriant. Ça ne sert à rien de le nier!

Chapitre six

Tôt le samedi matin, Mia s'étend sur le plancher du salon avec un calepin et un crayon. Elle souhaite écrire son hommage avant que Sophie et Maïko arrivent pour la séance de photos.

Mais elle a de la difficulté à se concentrer. Il y a beaucoup de vacarme et d'agitation dans la maison. Jacob joue de la batterie dans sa chambre. Rose fait ses devoirs en écoutant sa musique à tue-tête.

Mia regarde sa feuille en soupirant. Elle a à peine écrit une phrase.

Mes amies sont formidables parce que

Il y a un autre problème. Elle sait que Maïko et Sophie sont ses amies. Mais qu'en est-il d'Isaac ? Elle était certaine qu'ils étaient des amis. Et si Sophie avait raison, et qu'Isaac avait réellement le béguin pour elle ?

«Je doute que ce soit vrai, pense Mia en mâchouillant son crayon. Mais comment le savoir?»

Soudain, Rose entre dans le salon et s'affale sur le sofa.

— Qu'est-ce que tu fais? demande-t-elle.

— Mon devoir, répond Mia.

Puis une idée lui vient en tête. Rose en connaît beaucoup sur l'amour!

— Rose, demande timidement Mia. Comment sait-on si un garçon nous aime?

Rose la regarde et sourit.

— Quelqu'un aurait-il le béguin pour ma petite sœur? dit-elle.

— Hum, ce n'est pas moi! s'empresse de répondre Mia.

La dernière chose dont elle a envie, c'est

que Rose se mette aussi à la taquiner !

— Je demandais pour une de mes amies.

— Bien sûr, je comprends, dit Rose en souriant. Bon, est-ce que le garçon est plus gentil avec ton *amie* qu'avec les autres filles ?

Mia réfléchit.

— Je crois, dit-elle. Ils s'entendent très bien.

— Lui accorde-t-il beaucoup d'attention ? poursuit Rose.

Mia fronce les sourcils.

— Qu'est-ce que tu veux dire ?

— Bien, la regarde-t-il souvent ? explique Rose.

— Tout le temps ! affirme Mia. Mais c'est surtout pour la faire rire pendant que le professeur parle.

— C'est sans importance, dit Rose. Il la regarde quand même. Lui fait-il des compliments ?

— Hum...

Mia réfléchit très fort. Isaac lui répète sans cesse à quel point elle joue bien au tennis de table. C'est un compliment.

— Oui.

Rose sourit.

— Je dirais qu'il a manifestement le béguin pour ton amie, répond-elle.

— Oh, lance Mia.

« C'est peut-être vrai, pense-t-elle. Tout le monde semble le croire. »

Puis Mia se lève d'un bond. Elle ne souhaite plus parler de béguin.

— Si on me cherche, je serai dans le garage! s'écrie-t-elle en s'enfuyant par la porte de derrière.

Le garage est l'endroit que Mia préfère. C'est comme un autre salon, mais juste pour les enfants. Dans la moitié du garage se trouve la table de tennis de table. Puis dans l'autre, il y a un sofa et un lecteur de CD. C'est l'endroit idéal pour réfléchir.

Lorsqu'elle arrive au garage, une surprise de taille l'attend. Isaac est assis sur la marche et fait tournoyer sa raquette de tennis de table dans ses mains.

— Salut, dit-il. J'ai frappé à la porte, mais personne ne m'a répondu. Que se passe-t-il là-dedans ?

— Tout ! se plaint Mia. On entend Jacob jouer de la batterie jusqu'ici !

— Veux-tu jouer au tennis de table ? demande Isaac.

— D'accord, répond Mia, qui se précipite dans le garage et attrape sa raquette. Prépare-toi !

Vlan! La balle vole au-dessus du filet et Isaac saute pour tenter de la renvoyer. Cette partie est très serrée. Isaac remporte une manche, puis Mia la suivante. Mais soudain, Isaac frappe la balle dans le coin

opposé à Mia. Elle n'a aucune chance de l'atteindre à temps. La balle passe en flèche.

Isaac pivote sur lui-même et lève son poing dans les airs.

— Enfin ! dit-il. Je commençais à croire que je n'allais plus jamais te battre. Tu es beaucoup trop forte au tennis de table.

Mia se sent soudainement nerveuse. « Je devrais simplement lui demander s'il a le béguin pour moi, pense-t-elle. On va régler ça une bonne fois pour toutes ! »

— Hum, Isaac ? dit Mia. J'ai une question.

Ses joues sont brûlantes.

Isaac s'étend sur le sol et cherche l'autre balle sous la table.

— Quoi ? demande-t-il.

Mia se tortille. Ça va être très difficile !

— Est-ce que...

— Hé, Mia, crie Jacob en passant la tête par la porte du garage et en martelant le sol avec ses baguettes de batterie. Tes amies arrivent.

— Oh ! Merci, dit Mia en déposant sa raquette. On se voit plus tard, Isaac.

Elle se sent soulagée. La grande question devra attendre !

Chapitre
sept

— Salut Mia ! s'écrie Maïko.

Sophie et elle descendent l'allée de la maison. Sophie transporte un énorme sac sur son épaule.

— Qu'est-ce que c'est ? demande Mia avec curiosité.

— Ce sont les costumes d'Océane, dit Sophie.

La sœur de Sophie, Océane, a fait du théâtre et elle a gardé tous les costumes des pièces dans lesquelles elle a joué.

— On pourra s'en servir pour la séance de photos.

— Où pouvons-nous aller nous préparer? demande Maïko en regardant autour d'elle.

Mia réfléchit un moment. Elle entend une partie de tennis de table en provenance du garage. Jacob doit jouer une partie avec Isaac.

— Allons à l'intérieur, propose-t-elle.

Elle conduit ses amies vers la porte d'entrée et s'arrête au salon pour prendre la caméra. Puis, elles se dirigent à l'étage, dans la chambre que Mia partage avec Rose. La musique de Rose joue encore à plein volume.

Maïko et Sophie jettent un regard circulaire sur la pièce et admirent les choses de Rose.

— J'adore *The Veronicas,* dit Maïko en montrant du doigt une des nombreuses affiches de Rose. Parfois, quand j'écoute leur musique, je fais semblant de faire partie du groupe.

— Moi aussi, affirme Sophie en souriant.

Elle se met à chanter et à faire semblant de jouer de la guitare. Elle secoue également ses longs cheveux en faisant tourner sa tête. Puis, elle regarde les autres.

— J'ai une idée ! dit-elle. On devrait se déguiser en groupe de rock pour notre séance de photos.

— *Bonne idée !* répondent en chœur Maïko et Mia.

Sophie commence à fouiller dans l'énorme sac de vêtements. Elle lance une robe rouge à rayures ainsi que des leggings noirs à Maïko. Mia attrape un large tutu argenté au vol. Elle le met par-dessus son jean et se regarde dans le miroir. Le tutu lui va très bien !

Sophie enfile un chandail noir et une jupe écossaise.

— Et maintenant, la touche finale, dit-elle en retirant un atomiseur du sac. Du colorant pour les cheveux !

— C'est hors de question..., maman va m'assassiner ! dit Mia en riant et en reculant.

— Ne t'en fais pas, répond Sophie. C'est lavable. Et on va juste se teindre une mèche chacune.

Mia réfléchit un moment et finit par accepter. Elle laisse Sophie lui prendre une petite mèche de cheveux et y vaporiser du colorant.

— Waouh, Mia, souffle Maïko une fois que Sophie a terminé. C'est génial !

Mia se regarde à nouveau dans le miroir. Maïko a raison — la mèche rose est superbe ! Elle ne ressemble plus à Mia. Elle ressemble à une vedette de rock ! D'une

Je suis une vedette de rock !

certaine façon, elle se sent différente avec la mèche rose. Elle a l'impression d'être plus courageuse.

— C'est mon tour ! dit Maïko avec excitation.

Sophie lui colore aussi une mèche de cheveux. Puis, elle se regarde dans le miroir et teint une mèche de ses propres cheveux.

Dès qu'elles ont chacune leur mèche rose, Mia prend la caméra et la tend devant elles.

— Souriez ! s'écrie-t-elle.

Elles font des mimiques, puis Mia prend la photo.

— J'ai envie de danser ! lance Maïko en tournant sur elle-même.

— Ouais, moi aussi ! répond Mia en montant le volume de la musique.

Mais aussitôt qu'elles commencent à danser, Rose apparaît dans l'embrasure de la porte avec son amie Laurence.

— Désolée, les filles, dit-elle. On va faire nos devoirs ici.

— Mais pourquoi ne t'installes-tu pas à la table de la cuisine? demande Mia.

— Non, on a besoin d'être seules, répond Rose.

Mia sait que Rose et Laurence vont probablement juste s'asseoir et parler des garçons qui leur plaisent. Mais ça ne sert à rien de s'obstiner avec elle. Rose l'emporte toujours!

— Venez, dit Mia à Maïko et Sophie en prenant la caméra. Allons dans le garage. Il y a un vieux lecteur de CD.

Isaac et Jacob jouent encore au tennis de table lorsque Mia et ses amies ouvrent la porte du garage. La balle passe d'un côté à l'autre à toute vitesse !

Mia fait jouer un des disques compacts de Rose et commence à danser. Maïko et Sophie se joignent à elle. Alors qu'elle se retourne, Mia aperçoit Jacob rouler des yeux. Elle sourit et attrape un vieux balai dont elle se sert comme d'un microphone. Elle secoue ses cheveux et chante le plus fort possible.

— Waouh, Mia, dit Maïko en riant. Si Ariane te voyait, elle ne te surnommerait plus jamais la souris !

— J'y pense, s'esclaffe Sophie en essayant de reprendre son souffle. J'ai entendu dire qu'Ariane et Oliver ont rompu. Et devinez quoi — elle aime maintenant Hugo.

Mia remarque que la partie de tennis de table s'est arrêtée. Elle se retourne. Isaac et Jacob sont penchés au-dessus de la table et écoutent leur conversation.

— Hé, crie Isaac. Voulez-vous savoir pour qui *j'ai* le béguin ?

— Hum... oui ! lance Sophie. Qui ?

Mia regarde Isaac. Elle se sent soudainement un peu nerveuse. Que va-t-il répondre ?

Chapitre
huit

— Essayez de deviner, dit Isaac en souriant.

— Donne-nous des indices, répond Maïko en regardant Mia du coin de l'œil. Est-elle sportive ?

— Bien, elle adore jouer au tennis de table, affirme Isaac.

— À quoi ressemble-t-elle ? demande Sophie.

— Elle est petite et très jolie, dit Isaac. Et son visage est rouge.

Mia regarde Isaac. «Parle-t-il de moi?»
Elle pose ses mains sur ses joues. Son visage
est effectivement rouge vif en ce moment!
Et elle est la plus petite dans la classe de
madame Beaudoin.

Mia ignore quoi penser. «Isaac parle de
moi, ça ne fait aucun doute», s'inquiète-
t-elle.

Elle a l'impression que tout va changer s'il lui avoue qu'il a le béguin pour elle. Isaac est très intelligent et gentil. Il est drôle, aussi. Et elle sait que les autres filles le trouvent mignon. Mais Mia aime les choses telles qu'elles sont présentement.

« J'espère vraiment qu'Isaac n'a pas le béguin pour moi, constate Mia. Je veux simplement que nous restions des amis normaux ! »

Tout le monde a maintenant les yeux rivés sur Isaac, même Jacob.

— Est-ce que nous la connaissons ? demande Maïko.

— En fait, elle est avec nous en ce moment ! dit Isaac en affichant un large sourire.

— Allez, *dis*-nous ! s'impatiente Sophie.

Mia craint tellement ce que Isaac va dire qu'elle songe à s'enfuir en courant du garage. Elle fait semblant de s'intéresser au tutu argenté qu'elle porte.

Puis soudain, Maïko, Sophie et Jacob éclatent de rire. Mia lève la tête.

Isaac tient sa raquette de tennis de table rouge. Il a dessiné un visage dessus.

— Je vous présente Paula Raquette, dit-il. Elle est jolie, n'est-ce pas ?

— Essaies-tu de nous dire que tu as le béguin pour ta raquette de tennis de table ? le nargue Maïko.

Isaac fait semblant d'être triste.

— Alors ? dit-il. Qu'y a-t-il de mal ?

— Ouais ! ricane Jacob. Isaac a le droit

d'aimer qui il veut, même une raquette de tennis de table !

— Mais ce n'est que du bois ! s'esclaffe Sophie.

— Ça m'est égal ! Je l'aime de toute façon ! lance Isaac en donnant un long baiser à sa raquette.

Mia se met aussi à rire. Elle ne peut pas croire qu'Isaac vient d'embrasser sa raquette de tennis de table! Elle est soulagée.

«Je suis tellement contente qu'Isaac n'ait pas le béguin pour moi», pense-t-elle joyeusement.

— Un instant, dit Sophie, regardant Isaac droit dans les yeux. Es-tu bien sûr de ne pas aimer une *autre personne*?

Isaac semble étonné.

— Comme qui?

— Comme Mia! répond Maïko.

— Non, désolé, dit Isaac en secouant la tête. Ce n'est pas parce que Mia et moi sommes amis que cela signifie que nous nous *aimons*.

— Ouais, ajoute Mia. Nous sommes simplement de bons amis.

Maïko hoche la tête. Mia sait qu'elle comprend. Mais Sophie ne semble toujours pas les croire.

— Reposons la question au coin-coin, lance Sophie avant de retirer l'objet de sa poche et de le glisser sur ses doigts. Est-ce qu'Isaac et Mia ont le béguin l'un pour l'autre ?

— C'est tellement ridicule ! dit Isaac en riant.

Il pousse un soupir et accepte de participer. Il choisit d'abord le quatre, puis le vert et termine avec le mauve.

Mia retient son souffle au moment où Sophie ouvre le triangle.

— Alors? demande Maïko. Qu'est-ce que ça dit?

— Il est écrit: «Jamais de la vie!», lit Sophie, l'air déçue. Mais je n'y crois pas. J'étais vraiment *convaincue* que vous vous *aimiez*.

— C'est juste un stupide coin-coin! dit Mia.

Isaac secoue la tête, mi-amusé, mi-sérieux.

— Un gars et une fille peuvent être de simples amis, n'est-ce pas? dit-il. Mia est cool et j'adore être avec elle. Elle est drôle et également très intelligente. C'est sans importance pour moi que ce soit une fille ou un gars.

Personne ne parle pendant un moment.

Puis, Maïko sourit.

— C'est trop gentil.

— Ouais, convient Sophie. Je te crois maintenant. Seul un véritable ami dirait une chose comme ça.

Mia sourit, se sentant soudainement un peu gênée. Elle sait qu'Isaac l'aime bien comme amie. Mais elle n'a jamais su *pourquoi* il l'aimait bien. Ça fait plaisir de l'entendre. Mais c'est aussi un peu embarrassant.

«Malgré tout, pense joyeusement Mia, je suis tellement contente que ce soit mon ami!»

Chapitre neuf

Maïko se penche pour prendre la raquette bleue sur le sol.

— Hé, cette raquette aussi est plutôt mignonne! blague-t-elle. Bonjour, Pierre Raquette! Me permets-tu de me servir de ta tête pour jouer au tennis de table?

Puis elle incline la raquette de haut en bas, comme si elle donnait son approbation.

— Vous savez, ça fait une éternité que je n'ai pas joué au tennis de table, dit Sophie.

— Pourquoi ne ferions-nous pas une partie de tournante ? propose Jacob.

Mia est étonnée. Jacob a normalement l'air de trouver ses amies ennuyantes.

— Qu'est-ce que c'est ? demande Maïko.

— C'est génial ! répond Isaac. Une personne frappe la balle de l'autre côté du filet, dépose sa raquette et va se placer à côté de la table. Puis, la personne suivante doit courir vers la table, prendre la raquette et essayer de frapper la balle.

— Donc, c'est une personne différente qui frappe la balle chaque fois ? demande Maïko.

— Exactement, affirme Jacob.

— Ça semble amusant, dit Sophie en sautant. Allez, on joue !

C'est le jeu le plus étrange auquel Mia n'a jamais joué. Dès que l'un d'eux frappe la balle par-dessus le filet, ils doivent courir vers le côté afin de laisser la place à la personne suivante. Puis, ils doivent courir de

C'est si amusant!

l'autre côté de la table le plus rapidement possible. Mia commence à être essoufflée !

Sophie ne cesse de rater la balle.

— Je suis un cas désespéré ! dit-elle en riant, prenant un air fâché.

— Mais non, dit Jacob. T'as juste besoin d'un petit cours. Viens, je vais te montrer.

Mia regarde son frère avec stupéfaction. Il ne lui a jamais rien montré ! Jacob explique à Sophie comment frapper la balle de façon à ce que l'autre personne ait de la difficulté à la frapper à nouveau. Par la suite, Sophie est nettement meilleure.

— Ton frère est très gentil, chuchote Sophie à Mia.

Ses joues deviennent soudainement très roses !

Ils jouent jusqu'à ce que tout le monde soit trop fatigué pour courir. Puis, Jacob laisse tomber sa raquette.

— Je suis épuisé! souffle-t-il en s'affalant sur le sol.

Les autres s'assoient aussi.

— C'était *trooop* amusant! dit Maïko. Nous devrions jouer au tennis de table à l'école, un de ces jours. Il y a une table dans la réserve.

— Bonne idée, dit Isaac. Je sais que Maxime se joindrait à nous. Il adore le tennis de table.

— C'est vrai? Hé, Isaac... sais-tu si Maxime a le béguin pour quelqu'un? dit Maïko, comme si de rien n'était.

Isaac lui sourit légèrement.

— Je ne te le dis pas ! dit-il. Tu devras découvrir par toi-même s'il t'aime !

— Je ne parlais pas de *moi,* dit Maïko en rougissant.

— *Bien sûr* que non ! la nargue Sophie.

Maïko regarde sa montre.

— Hé ! s'écrie-t-elle en se levant d'un bond. Prenons d'autres photos. Ma mère va bientôt arriver.

Isaac se lève pour partir, mais Sophie l'agrippe par le bras.

— Tu dois prendre au moins une photo avec nous, insiste-t-elle. Tu es l'ami de Mia, après tout.

Isaac fait une pause.

— Ne sommes-nous pas tous amis maintenant? dit-il, faisant semblant d'être blessé.

— Bien sûr que si! dit Maïko. Est-ce que ça veut dire que tu vas être dans la photo? Allez, dis oui!

Isaac affiche un sourire espiègle.

— Seulement si je n'ai pas à me teindre les cheveux roses!

— C'est d'accord, dit Sophie en riant. Tu peux rester comme ça.

Maïko, Sophie, Mia et Isaac prennent une pose devant la table de tennis de table en tenant leurs raquettes. Jacob braque la caméra sur eux.

— Dites ouistiti! lance-t-il.

— OUISTITI! crient-ils en chœur.

Mia est persuadée que la photo est réussie. Elle lui rappellera toujours cet après-midi passé à jouer avec ses amis.

Puis, tout à coup, Mia sait ce qu'elle devrait écrire dans son hommage de l'amitié.

Chapitre

dix

Madame Beaudoin a dit à la classe qu'ils allaient enterrer la capsule témoin après le dîner, lundi. La matinée se déroule trop lentement pour Mia. L'heure du dîner semble aussi s'éterniser.

Isaac, qui est en route pour aller rejoindre ses amis, s'arrête pour leur parler.

— Hé, les filles, dit-il, monsieur Parenteau va monter la table de tennis de table pour nous demain.

— Super! J'ai hâte! dit Maïko avec excitation.

— C'est drôle, rigole Isaac. C'est exactement ce qu'a dit Maxime.

— Il va jouer? demande Maïko en replaçant ses cheveux.

— Il a trouvé que c'était une bonne idée, répond Isaac. Et particulièrement quand je lui ai dit que tu allais jouer.

Mia rit des joues rouges de Maïko. C'est rassurant de savoir qu'elle n'est pas la seule à s'être sentie gênée!

La cloche sonne au même moment. Ils se lèvent tous précipitamment du banc.

— Enfin! s'écrie Mia avec entrain. Venez!

La classe de madame Beaudoin est réunie dans le jardin situé à côté du dépanneur.

Madame Beaudoin dépose le bocal sur le sol.

— OK, qui veut commencer? demande-t-elle.

Le cœur de Mia se met à battre rapidement. C'est le moment qu'elle redoutait.

Je ne veux pas y aller!

Maïko lui donne un coup de coude.

— Hé, *Magique Mia,* vas-y !

— Ouais, chuchote Sophie en souriant.
Es-tu une vedette de rock ou non ?

Le cœur de Mia se serre. Ses mains sont
moites. Elle a passé beaucoup de temps à
décorer son hommage. Elle a dessiné des
fleurs au bas de la page et des raquettes de
tennis de table le long de la marge du haut.
Elle a aussi ajouté des tourbillons sur les
marges de chaque côté avec des crayons à
brillants.

Elle regarde la photo collée en haut de la
feuille. C'est celle sur laquelle apparaissent
tous ses amis qui tiennent leurs raquettes
de tennis de table dans le garage. Isaac tire
la langue et Maïko fait des oreilles de lapin

derrière sa tête. Mia rit chaque fois qu'elle la regarde. Et elle sait qu'elle en rira probablement encore lorsqu'ils ouvriront la capsule témoin dans quelques années.

— Madame Beaudoin? dit Mia d'une voix forte et claire. Est-ce que je peux commencer?

Madame Beaudoin a l'air étonnée. Puis, elle hoche la tête.

Mia se racle la gorge et se met à lire.

— Je crois que ça n'a aucune importance que nos amis soient comme nous, complètement à l'opposé de nous, ou qu'ils soient filles ou garçons. Ce qui m'importe le plus, c'est que nous ayons du plaisir ensemble, que nous nous fassions rire et que nous nous comprenions les uns les autres.

Il y a un moment de silence. Puis, tout le monde se met à applaudir. Maïko et Sophie l'acclament très fort.

«Waouh, pense joyeusement Mia. Ce n'était pas si pire!» Elle regarde Isaac, qui

lève son pousse. Puis, il articule les mots
Magique Mia !

Mia lui sourit. Elle se sent très bien !

Un à un, tout le monde dépose son hommage dans le bocal. Bientôt, il ne reste plus
que quelques personnes.

— C'est à toi, Maïko, annonce madame
Beaudoin.

Maïko montre son hommage de l'amitié.
Elle a décoré les marges avec des étoiles.

— Mes amies sont comme des étoiles qui
scintillent dans le ciel, lit-elle. J'ai beaucoup
de chance de les avoir ! Elles sont toujours
là pour moi.

Puis, Maïko dépose son hommage dans le bocal, et tout le monde applaudit.

— Excellent, Maïko, dit madame Beaudoin en souriant. Bon, suivant? Pourquoi pas toi, Isaac?

Isaac hoche la tête.

— J'ai eu beaucoup de difficulté à trouver une photo de tous mes amis ensemble, madame Beaudoin, explique-t-il. Mais je suis finalement tombé sur celle-ci.

Isaac sort une photo et la montre. Tout le monde éclate de rire. Il s'agit de la photo d'un troupeau de singes suspendus par la queue. Mais Isaac a collé des photos de ses amis par-dessus les visages des singes! Olivier, Hugo et Maxime sont les trois premiers singes, et à l'extrémité de la branche se trouvent Mia, Sophie et Maïko.

Une fois que tout le monde s'est calmé, Isaac montre son hommage. Il a dessiné des têtes de singes tout autour du texte.

— Je connais certains de mes amis depuis une éternité, lit-il. Mais d'autres sont arrivés tout récemment dans ma vie. Ils ont tous un point commun très important, par contre. Ils sont tous formidables !

Tout le monde se met à applaudir bruyamment.

— La prochaine fois que vous verrez ceci, vous serez sur le point de terminer votre cours primaire ! lance madame Beaudoin en enterrant le bocal. Croyez-vous que vous aurez changé d'ici là ?

Tout le monde garde le silence pendant un moment. Puis, Isaac prend la parole et dit exactement ce que Mia avait en tête.

— Peut-être, dit-il. Mais il y a une chose qui n'aura pas changé. Nous serons encore tous amis !

✽Fin✽

GO GIRL !

La nouvelle série qui encourage les filles à se dépasser !

La vraie vie,

de vraies filles,

de vraies amies.

Imprimé au Canada